AF397726

Heli Vierto-Suorsa

The Eagle – Veljeni Tarina

Meidän huumehelvettimme, veljeni taivas

Kustantaja: BoD – Books on Demand, Helsinki, Suomi
Valmistaja: BoD – Books on Demand, Norderstedt, Saksa
ISBN: 978-952-80-6890-7

" Welcome to the

Hotel California,

Such a lovely place,
such a lovely place

Any time of year

you can find it here "

" This could be heaven

or this could be hell "

Eagles, Hotel
California 1979

Eagle- Veljeni Tarina. Kotka,
joka kulki mukana niin ihossa,
kuin lempiyhtyeen nimessä.
Nyt hän liitää vapaana.

Lukijalle

Tarina veljestäni, hänen
taistelustaan päihteitä
vastaan.

Helvetistä, jonka me
läheiset jouduimme
kulkemaan ja elämään.

Kolme vuosikymmentä
epävarmuutta, pelkoa,
ahdistusta ja tuskaa.

Kymmeniä psykooseja,
katkaisuja, pakkohoitoja,
huumevelkoja,
rosvoamista ja
alamaailmaa. Elämää,
jota veljeni jumaloi.

Vaikka saattaisin
vähätellä tai mollata
tässä tulevassa tarinassa
päihteiden käyttäjiä, niin
haluan korostaa sitä,
että jokaisen ihmisen
elämä on arvokasta,
mutta onko se elämisen
arvoista? Se voi olla
olemisen arvoista?
Jokainen tekee omat
päätökset siitä, miten
niitä kenkiä täällä
kuluttaa.

Myös veljeni elämä oli
arvokasta. Hän uskalsi
elää ja eli täysillä.

Elämä, mitä läheisinä
elimme veljeni rinnalla,
oli raskas, mutta ennen
kaikkea se oli raskas

veljelleni ja sellaista
tuskaa kukaan ei toivo
rakkaalleen.

Heli Vierto-Suorsa 2021–
2022

LAPSUUS

Veljelläni oli
kohtuullinen
lapsuus, hän oli
ensimmäinen
lapsenlapsi isän
puolelta.

Hän oli siis
mummun ja papan
silmäterä.

Pappa kulki rätin
kanssa perässä,
kun pienimies
opetteli pyörällä
ajamaan, pyyhki
kädet, kun broidi
tupsahti nurin.

Mummu
luonnollisesti
huolehti, että
nuorella miehen
alulla on pullaa,
jota topata kahviin.

Eräs suurin herkku
oli mummun ”
kuivakakku”, joka
oli niin kostea
rasvasta, että valui
sitä.

Äiti muisteli
tapahtumaa, jossa
veljeni oli katsellut
kirjahyllystä kirjoja
noin kuuden
vanhana ja
tuuminut
alkavansa
lukemaan niitä,

eräs kirja oli
kiinnostanut
kovasti; " täällä
pohjan, täällä alla "
eli Täällä
pohjantähden alla
– kirjaa.

Kuuden vanhana hän oli
kärsinyt kovista
korvakivuista ja lääkärissä
ne oli jouduttu sitten
puhkomaan. Veljeni oli
sanonut tohtorille
operaation jälkeen, että
"saatanan ukko".
Seuraavana päivänä, kun
veljeni oli nähnyt lääkäriä
sattumalta, niin oli
rehdisti nostanut kättä ja
tervehtinyt.

Veljeni oli kahdeksan, kun minä synnyin. Hän oli salaa ottanut isän vaihdepyörän, turhan isonkin. Poikien kanssa oli sitten satamaan pyöräilty ja matkalla pyörän rengas oli jäänyt junaraiteeseen kiinni, broidi naamalleen ja naama ruvelle.

Hän sai yksinään käydä tutussa parturissa. Kerran hän oli tytöille väittänyt, että kotoa on lupa värjätä myös hiukset. Kotiin hän oli palannut hiukset violetteina ja oli ostanut vielä mukaansa oranssin värin, mikäli violetti ei miellyttäisi. Äiti oli koko viikonlopun yrittänyt pestä hiuksia puhtaaksi.

Broidi oli tuolloin
yhdeksän.

Oliko veljeni vilkas, kyllä.

Mummun tapana oli
sanoa, että ne ovat vain
kasvukipuja.

Jossain määrin hänellä oli
kasvukipuja koko ikänsä.

Alakouluikäisenä pojat
olivat päättäneet
postista nyysiä
tarvikkeita, kuka
mitäkin. Veljeni oli
tarvinnut sellaisen
sienikostuttimen, äiti
oli kovasti ihmetellyt
mihin hän sitä
tarvitsee. Asian ydin
kuitenkin oli tullut

selväksi; varastaa ei
saa.

Vastuullinen veljeni
kuitenkin oli jo
nuorena. Äiti luotti
siihen, että broidi haki
minut tarhasta.

Niin, olihan meillä
isäkin. Minulla ei ole
isästä valtavasti
muistoja, mutta jotain
on kuitenkin jäänyt
muistiin. Viina. Känni.
Pelikorttiuikkarit.

Muistan, kuinka ukko
veteli tuppivyöllä
veljeäni. Poika seisoi
nurkassa ja vyö heilui.
Olin surullinen, yritin
tapahtuman jälkeen
piristää veljeäni, kun

hän ei saanut poistua
nurkasta, mutta ukko
tuli väliin.

Eräs muisto on yöltä,
kun heräsin äidin ja
isän tappeluun.
Silloinkin veljeni piti
minua tiukasti sylissään
ja rauhoitteli.

Lapsuuttamme väritti
ukon viinan käyttö,
tämä malli myös istui
veljeeni. Toki ketään en
syytä, mutta ukkohan
ei ollut mikään loistava
roolimalli.

Lapsuus ajan kuvissa
broidi oli hymyilevä,
iloinen ja täynnä
tarmoa.

Sellaisena me
haluamme hänet
muistaa.

MURROSIKÄ

Ukolla oli yleensä rankit
autotallissa käymässä
ja pojathan olivat sen
kerran, jos ei varmaan
useamminkin
tyhjänneet ja laittaneet
vettä tilalle. Äiti sitä
vähän aavisteli, kun
ukko oli kerran
valitellut, kun ei litku
mene päähän.

Muistan erään yön, kun
veljeni tuotiin kotiin

kylältä, hän oli juonut
itsensä tajuttomaksi.
Ukkohan tästä ei kovin
ilahtunut ja veljeni sai
selkään.

Minusta se oli
hirvittävän väärin,
koska ukko itse kylvi
sitä viinaa meillä
kotona. Ukko itse
talutettiin monet kerrat
kotiin reissuhommista,
kun oli niin lärvit. Eikä
kukaan häntä ole
pieksänyt. Broidi oli
tuolloin kutakuinkin
viidentoista.

Tuossa iässä broidi
pääsi kesätöihin sinne
missä ukko oli. Sielläkin
sattui kuitenkin aika

karmiva juttu, kun
isäukko viinan
tuskissaan oli laittanut
poikansa kuskiksi, jotta
reissumiehet pääsisivät
baariin.

Kuka vittu sellaista
tekee lapselleen?

Broidi kertoi siitä äidille
ja kyllä ukon pisteet
olivat aika lopussa.
Loppui muuten veljeni
työtkin ja
työnantajatkin saivat
osansa.

Isä ja äiti erosivat, kun
minä olin kahdeksan ja
broidi kuudentoista.

Äidille oli viimeinen
niitti, kun hän oli töissä
ja isän olisi pitänyt olla
minun kanssani, mutta
hän karkasi baariin.
Muistan sen kuin
eilisen päivän.
Huomasin yhtäkkiä
olevani yksin kotona ja
paniikki siinä iski.

Koulunkäynti ei hänelle
maistunut ja äiti järjesti
hänet armeijaan
seitsemäntoista
kesäisenä.

Veljeni viihtyi siellä.
Havaittavissa oli pientä
miehistymistä.
Varmaan jollain tapaa
sellainen ohjattu ja
kurinalainen elämä sopi

hänen levottomalle
sielulleen. Muistan,
kuinka ikävöin häntä.

Olisipa äiti voinut
laittaa veljeni
armeijaan tuosta noin
vain miehistymään
vielä jäljestäpäin,
muutamaan otteeseen.
Kasvattelemaan
selkärankaa.

NUORI AIKUINEN

Tehtiin etelän lämpöön
yksi reissu veljeni
ollessa
kahdeksantoista. Minä,
äiti ja veljeni kaveri.
Toivoin silloin sormet
ristissä, että veljeni olisi
kunnolla. Saahan sitä
aina toivoa. Kone ei
ehtinyt laskeutua
Espanjaan, kun veljeni

oli raudoitettu ja hänet
talutettiin koneesta
ulos. Ihan törkeät
pömpelit sai aikaan
koneessa ja raivosi.
Näytti, että kone
tippuu maahan. Silloin
minua vähän harmitti.
Hävetti.

Hän tuskin muisti koko
reissusta mitään, sekin
viikko oli viinan
huurteinen. Onneksi
meillä oli eri huoneet.
Pojat eli omaa elämää
pitkin parvekkeita
rimpuillen.

Nämä ovat juuri niitä
aikoja, kun kannabis
astui broidin elämään.

Näin jäljestä päin
ymmärrän hyvinkin
hänen käytöksensä.
Biletystä päivästä
toiseen, unettomuutta,
raivoamista ja hullun
voimat.

Paljonhan hänellä niitä
päihteiden
huurruttamia reissuja
oli, joista me emme
tiedä, eikä meidän
tarvitse tietääkään.

Veljelläni oli yksi
erittäin hyvä lapsuuden
ystävä.

Pojat puuhastelivat
kahdestaan, myös
ryyppäsivät ja

pössyttelivät.
Bentsojakin nautittiin...

Mutta hauskaa pojilla
oli. Kertoohan sen jo
edellä mainittu
yhdistelmä eri nautinto
lajikkeita...

Muistan erään
episodin, kun pari
valjakko oli päissään
isolla kirkolla
(kaupungissa) ja
ilmeisesti olivat olleet
häiriöksi. Virkavalta oli
tullut poistamaan heitä
paikalta, ja pidätys
tilanteessa veljeni oli
päässyt karkuun ja
toinen "valopäistä" oli
saatu autoon ja hän oli
sillä aikaa pistänyt

valtion kyydin
sisustuksen totaalisen
uusiksi, repinyt kaiken
irti mitä saanut, kun
veljeäni oli pyydystetty
pitkin katuja.

Kuvitelmakin
verkkokalvoilla saa
silmäni verestämään.

Tässä nyt tuleekin se
merkittävä paalu
veljeni elämässä.

Tämä lapsuuden ystävä
yritti riistää henkensä
lääkkeillä, mutta veljeni
sattui paikalle ja pelasti
hänet. Tilanne oli se,
että tämä ystävä ei
avannut ovea ja veljeni
näki postiluukusta

hänet lattialla
tajuttomana pillerit
ympäriinsä. Veljeni repi
oven karmeineen
päivineen irti.

Ystävä selvisi tästä,
mutta se jätti jälkensä.
Hän osittain halvaantui.
Hetken elämä jatkui,
mutta tämä ystävä
toisti saman siinä
onnistuen.

Oli se kova paikka
veljelleni. Muistan
kyllä…he kuitenkin ihan
taaperoiästä asti
kulkivat yhdessä.
Hänen olisi pitänyt
hakea silloin
ammattiapua, mutta

hän päätti hoitaa
itseään päihteillä.

Elämä kuitenkin jatkui.

AIKUINEN (kaikkea muuta)

Noin parikymppisenä
hän oli eksynyt ja
toinen jalka oli jo
pahasti väärällä polulla.

Kyllähän sitä yritystä oli
tavalliseen elämään.
Haluan korostaa
tavallista elämää, joka
on päihteetön.
Painottaa myös sitä,
kuinka jokaisen elämä
on arvokasta (tai
arvokasta olemista),
mutta haluaako sen
tavallisuuden kokea vai
ohittaa kemikaaleilla.

Minä haluan kokea
elämän ilman, että
ohitan sen lääkkeillä tai
viinalla tai millään
muulla kemikaalilla
(mutta tämä on minun
valintani!). Elämä on
mahtava kokemus niin
iloineen, kuin
suruineen. Kyllähän
minullakin oli hyvät
ainekset lähteä broidin
kanssa samalle polulle
jo silloin penskana,
koska broidi oli niin
siisti.

Olisin halunnut olla
samanlainen siisti
tyyppi. Kovis.

Olihan se siistiä, kun
broidi tippui parvekkeelta.

Kännissä, kuin peikko.
Eikä tullut pipi. Näitä
pieniä klassisia
perisuomalaisia
kiuaskontakteja
(palovammoja) saattoi
myös sattua, mitenkäs
muutenkaan kuin
kännissä.

Olemme äidin kanssa
hakeneet broidia
putkasta, pääsääntöisesti
lauantai tai sunnuntai
aamuisin. Viinaspäissään
hän herkästi heilutti
nyrkkejä. Aina oli
turpajuhlat tiedossa, jos
broidi otti viinaa. Onpa
heiluttanut ihan uuden
hammas rivistönkin
edestä. Äiti maksoi.

Eräs mökki viikonloppu päättyi yhden jalan murtumaan ja taisipa olla paikan isäntä, joka tätä mullilaumaa haulikon kanssa ajoi. Sain olla mukana ja oli erittäin viihdyttävä reissu.

Ruoka hankittiin kesäisin onkimalla ja varastamalla perunat ihmisten pottumaasta, näin hän kertoi.

Hän oli hyvinkin lahjakas sotkemaan raha asiansa, ihan viimeisinä elinvuosinaankin. Ei sillä, etteikö hän osannut sitä rahaa myös tehdäkin. Niin oikeilla töillä, kuin varastamallakin.

Jokseenkin harmi, kun olihan meille opetettu kotoa, että varastaa ei saa, mutta nämä saatanan huumeet saa tekemään mitä vain.

Reilu parikymppisenä hän löysi aivan vitun mahtavan "seurakunnan" ja vanhemman kostean naisystävän. Välillä hävetti niin kovasti, mutta missään nimessä häntä ei hylätty.

Minä olin silloin murrosikäinen ja minun

elämäni meni siihen,
että vartion veljeäni.

Aika usein koulusta
tullessani kävin
tarkistamassa veljeni
kunnon siellä
naisystävän kämpillä.
Yleisesti ottaen hän oli
ihan ”pihalla”
maailman menosta.
Vitsi, että minua
suretti.

Kerran hän oli
murtanut jalkansa, eikä
hänellä ollut mitään
tilanne tajua.

Kerran hän oli viillellyt
itseään partaterällä.
Tikkejä siinä olisi
tarvinnut. Ei tarvinnut.

Kerran poliisit yrittivät
taltuttaa veljeäni
tuloksetta. Minä menin
siihen väliin ja sain
broidin rauhalliseksi.
Lähinnä ajattelin siinä
virkaa tekeviä.

Kerran hän tappeli
baarin pihalla keskellä
talvea ja alakynnessä.
Pilleripäissään. Minä
menin siihenkin apuun.
Tietenkin. Muistan niin
elävästi, kun broidi
tajusi, että minä olin
siinä repimässä sitä
toista broidin päältä.
Hän huusi minulle näillä
sanoin; penikka
perkele, menet nyt
vittuun siitä.

Hyvin siinä kuitenkin
kävi.

Tunnustan, että minulla
oli silloin "murkkuna"
välillä niin paha olla.
Toivoin olevani jossain
muualla. Viiltelin myös
itseäni, varmaan kun
broidikin teki niin.
Kuitenkin on kausia,
jolloin jumaloin häntä.
Hän puolusti minua niin
monessa. Kiitos broidi.

Onhan äidilläkin ollut
raskasta. Tajuan sen
nyt, itse äitinä. Äiti on
useammat sakot
maksanut. Mitäpä
meidän isämme, yksiin

sakkoihin hän osallistui,
pitkin hampain. Siitäkin
oli tehty velkakirja.
Muuten veljeni olisi
joutunut istumaan.

Joka tapauksessa meillä
äidin kanssa oli luotto
ja usko veljeeni ihan
loppuun saakka.
Lisätään siihen toivokin,
paremmastakin.

Onneksi broidi pääsi
tästä "seurakunnasta"
ja kosteasta
naisystävästä eroon.

Mutta, hän astuikin suurempaan ja
molemmat jalat olivat väärällä polulla.

Jossain vaiheessa
veljeni muutti pienen
kylän ympyröistä
kaupunkiin. Yritti tehdä
jälleen töitä. Äiti päästi
minut hänelle yö
kylään. Kämpässä oli
siistiä ja broidi oli
laittanut minulle
sohvan valmiiksi, mutta
sanoi, että älä ota sitä
peittoa sohvan päältä
pois. Kyllähän se
ihmismieltä askarrutti,
että miksi? No tietenkin
minä sinne kurkkasin,
kun broidi meni töihin
yöksi. En mitenkään
järkyttynyt, mutta
lähinnä se sohva näytti
siltä, kuin joku olisi

siihen tapettu ja
vuotanut kuiviin.

En kysellyt asiasta
koskaan.

Meillä oli paljon
yhteisiä juttuja mistä
diggailtiin. Veljeni oli
jossain nauhoittanut
MTV:ltä minulle
Nirvanan unplugged in
New York. Minä olin
teininä lääpällään
Cobainiin, mutta veljeni
jumaloi Kurt Cobainia,
sitä miten hän päätti
elämänsä. Yhdessä sitä
katsottiin.

Myös tatuoinnit olivat cool. Myös minulla on ollut kunnia tatuoida veljeäni.

Kertoi hän minulle myös narkkaamisesta ja siitä, kuinka vitun täydellistä amfetamiini on. Hän tiesi tarkalleen mitkä yhdistelmät tuovat parhaan reissun. Toimeliaisuus piti säilyä. Heroiini oli kuulemma perseestä. Olo oli kuulemma, kuin "polle olisi potkaissut päähän". Mutta minä en halua näistä puhua nyt, kun en halunnut

silloinkaan, eikä tämä
ole mikään
käyttöopaskirja.

Monet kerrat hän
kuunteli Eaglesin Hotel
Californiaa. Kysyin
kerran, että mikä ihme
tässä laulussa on, kun
jaksat linkuttaa sitä
toistamiseen. Hän
vastasi: penikka, tämä
laulu kertoo minun
elämästäni. En silloin
oikein jaksanut tajuta,
mutta nyt tajuan.

" Last thing I

remember, I was

running for the door. I

had to find the passage

back to the place I was

before. Relax, said the

night man, we are

programmed to

receive. You can check-

out any time you like,

but you can never

leave! "

Putki jatkui taas. Taas
oltiin matkalla. Yks kesä
hän saapui taas kotiin
ja hänellä oli ystävä
mukana. Tämä ystävä
oli muutaman vuoden

veljeäni vanhempi.
Aivan mahtava
ihminen, vaikka tausta
oli hyvinkin raskas.
Vankila tuomioita.
Yhdessä pojat meillä
asusti ja meillä otettiin
hänet avosylin vastaan
ilman ennakkoluuloja.
Äiti on opettanut, että
ihmistä ei saa
"tuomita" hänen
taustoillaan,
vaatteillaan,
varakkuudellaan,
ulkonäöllä tai millään
muullakaan.

Se kesä oli kiva.
Veljelläni oli ihossaan
myös tämän ystävän
tekemät tatuoinnit,
ruusu ja kotka.

Kesä vaihtui syksyyn ja pojat katosivat "maan" alle. Kului kuukausia jälleen, että veljestäni kuului mitään, kunnes hän ilmaantui kotiin ja toi mukanaan surullisia uutisia. Tämä herttainen ystävä oli ampunut itsensä hengiltä.

Kyllähän se niin oli, että se oli yksi naula lisää veljeni arkkuun. En koskaan kysynyt asiasta. Olisin halunnut, mutta silloin asia oli hyvinkin arka.

Veljeni elämänhallinta
heitti tämän jälkeen
häränpyllyä. Saatiin
ihan todella huumeet ja
alamaailman "ilot"
meidän elämäämme.

Ajoittain veljeni
pyörähteli kotonakin, ei
siinä mitään, kun
nukkui toinen silmä
auki. Koskaan ei tiennyt
mitä tapahtuu.

Kyllä minä äitiä nyt
ymmärrän, että lapselle
on aina ovi auki, mutta
silloin en ymmärtänyt.

Kerran hän varasti äidin
viikonlopun
myyntikassan. Silti ovi
oli auki.

Yhtenä yönä heräsin
siihen, kun veljeni huusi
ja möykkäsi keittiössä
äidille. Mietin hetken
sängyssä, että nyt en
perkele mene
komeroon piiloon, niin
kuin nuorempana.
Muistan sen raivon
mikä kihisi sisälläni.
Ajattelin, että nyt tämä
helvetti saa loppua.
Otin pesäpallomailan,
hiivin alakertaan.
Kurkkasin keittiön
ovelta ja näin veljeni
selin ovelle. Vedin niin
täysiä mailalla häntä
päähän, kuin voin. Hän
tipahti lattialle. Huusin
äidille, että nyt
juostaan. Juostiin

naapuriin soittamaan
virkavalta paikalle.

Minulla oli toive, että
veisivät hänet pois.
Halusin nukkua. Ei aina
uskaltanut nukkua, kun
ei tiennyt mitä
seuraavaksi voi
tapahtua.

Tämän episodin jälkeen
hän ei koskaan
möykännyt enää
kotona. Tuumasi vain:
penikka perkele.

Kyllä oli järkyttävä siivo
taas keittiössä. Kuten
yleensä ennenkin,
veljeni äimisteli
pöllönä, että hänkö?

Mutta nyt oli ”kupoli”
turvonnut muustakin,
kuin huumeista.

Muistan yhden reissun
tältä samalta ajan
jaksolta. Veljeni
rantautui jälleen kotiin.
Aamupäivää elettiin ja
äiti oli töissä. Veljeni oli
ihan ok kunnossa,
vaatteet olivat likaiset
ja hän tuoksahti vähän
paskalle. Hän käväisi
pesulla ja vaihtoi
vaatteet. Ei halunnut
syödä mitään.
Hätäisesti toimitti asiat.
Olin iloinen, että hän
ilmaantui näytille.

Oli hengissä.
Lähtiessään vielä halasi.

Menin
pesuhuoneeseen ja kas
kummaa, lattialla lojui
pillereitä ympäriinsä.
Eikä mennyt aikaakaan,
kun poliisit ajoivat
pihaan. Veljeni perään
kyselivät.

Täytyy tunnustaa, että
minä valehtelin. Sillä
kerroin, ettei ole
näkynyt. Tiesin
tehneeni väärin. On
vaivannut minua aina,
mutta eipä sitä teininä
osannut ajatella.
Osittain kunnioitin
veljeäni ja joskus
pelkäsin häntä. Yritin

olla lojaali häntä
kohtaan.

Olihan hän minun
veljeni. Kuitenkin.

Elettiin jo niitä hetkiä,
että alamäki ei ollut
kalteva, vaan jyrkkä.
Veljeni oli joutunut
täysin alamaailmaan.
Elettiin talvea. Hän
rantautui jälleen kotiin.

Kunto ei ollut enää
hyvä, hän oli laihtunut
kovasti. Hänellä oli
nuori koira mukana.
Oliko sitten saanut vai
varastanut, mene ja
tiedä.

Kauaa hän ei kotona
viihtynyt. Jätti koiran
minulle, käski pitää siitä
huolta.

Tämän koiran tarina on
surullinen, koska on
kulkenut narkkaajan
mukana maailmassa,
jossa narkataan.
Ressukka oli niin
häiriintynyt, ettei
osannut talossa asua.
Olihan se "katujen
kasvatti". Enempää en

halua tätä asiaa avata,
mutta pitihän se koira
loppu viimein päästää
kärsimyksistään.

Mutta eihän se ollut
niin yksiselitteinen asia.
Oli päätetty, että koira
viedään piikille, mutta
miten veljeni asian
hyväksyi, olikin toinen
seikka. Veljeni ei asiaa
sulattanut. Hän jaksoi
siitä jankuttaa monta
vuotta vielä jälkeenkin.

Olisi ollut
eläinrääkkäystä pitää
sitä koiraa, enkä
veljelleni sitä enää
antanut, koska se vasta
olisikin ollut

eläinrääkkäystä. Eihän
hän pystynyt
itsestäkään
huolehtimaan.

Vuosia myöhemmin.
Remissiossa, asia oli ok.
Veljeni ymmärsi minun
tehneen oikein.

Remissio=hoitotasapaino

Sitten tapahtui se mikä
oli odotettavissa.

Veljelleni oli kertynyt
isot huumevelat.
Jokainen tietää, että

siinä on henki kyseessä
ja tässä tapauksessa
puhutaan hengistä.
Olin silloin
kuudentoista.

Kyllähän me asia saatiin
hoidettua. Muistan
päivän, kuin eilisen. En
avaa tätäkään asiaa
suuresti, sen verran
vain, että minunkin
allekirjoitustani
tarvittiin, että raha
liikkui ja elämä jatkui.

Olin aluksi piilossa, en
oikein tiennyt mitä
tuntea. Kauhua, pelkoa,
pettymystä vai
vitutusta.

Ja niin vain veljeni
katosi jälleen,
"puhtailla papereilla".

Pikkuisen ennen joulua,
hän saapui ovelle. Hän
oli aivan lopussa vai
uuden alussa?

Hän totesi äidille
tarvitsevansa apua,
apua
päihdeongelmaan.
Minusta ei ollut apua,
en halunnut olla edes
samassa tilassa ihmisen
kanssa, joka on kuin
"seinähullu".

Se miten hän kohteli
meitä ne vuodet. Se ei
ollut veljeni. Se oli joku
muu.

Äiti valvoi yöt veljeni vierellä, nukkui toinen silmä auki kiikkutuolissa. Näihin aikoihin minulla tuli syömishäiriö. Aloin oksentamaan ruoat ulos. Samassa tilassa ruokailu "seinähullun" kanssa oli raastavaa, kun ei tiennyt miten olla. Mikä oli se oikea linja siihen omaan olemiseen ja tekemiseen, ettei toinen ymmärrä asiaa sillain, että saatana asuu minussa ja lähetän saatanan välityksellä viestejä hänelle.

Yöt olivat kaikista pahimpia, ei siinä paljon uskaltanut nukkua. Silloin sitä sähköä kulki pistorasiasta toiseen ja televisio oli toinen ulottuvuus.

Äiti ulkoilutti häntä pakkasessa yökaudet, milloin milläkin verukkeella, että saisi hänet rauhalliseksi.

Yritimme käydä myös kaupassa, yhdessä. Se olikin ihan järkyttävä erhe. Ihmiset kuulemma tuijottavat ja elehtivät ja viestittelivät.

Tosiasiahan oli, ettei
me pystytty
katkaisemaan hänen
päihdekierrettänsä.
Emme me olleet
ammattilaisia, äiti
väsyi. Äiti hankki
kuitenkin lapselleen
apua!

Se on ajanjakso ihan
omansa, lukuisine
repsahduksineen ja
hoitojaksoineen.

VIEROITUKSET

Avohoitoja,
osastohoitoja, eristystä,
paikkakunnan vaihtoja,
repsahduksia...

Loputon lista ja tätä
kesti useamman
vuoden.

Amfetamiinipsykooseja
, lääkeaineiden
haitallista käyttöä,
useiden lääkeaineiden
haitallista käyttöä,
harhaluuloisuutta,

itsetuhoisuutta,
heroiinin yliannostus,
oikean käden halvaus,
C-hepatiitti
(heroiinista)...

Olen aina sanonut, että
veljeni oli kova jätkä,
kun miettii mitä hän on
suustaan ja suonistaan
vetänyt. Se määrä mitä
hoitojaksoilla sinne
kehoon on pistetty ja
se määrä pilleriä mitä
kotiutukseen on
määrätty, joiden olisi
pitänyt riittää viikoiksi,
niin on mennyt
muutamassa päivässä.
Toki voi olla, että hän
on niillä bisnestä

tehnyt, jolla on sitten
kustannettu
rankempaa settiä,
mutta hoitoon hän on
aina palannut
psykoosissa, pillereistä
tai amfetamiinista.

Toki minun rehellinen
mielipiteeni on se, että
veljeni oli kiltti ja
heikko.

On yhteistyö haluinen,
ei ole halukas
yhteistyöhön, on
paranoidinen,
aistiharhainen, kireä,
uhkaava, vaativa. On
eristetty, on
tarkkailussa, on

karannut ja jouduttu
pyytämään virka-apua.

On halukas jatkamaan
hoitoja, ei ole halukas
jatkamaan hoitoja.
Yöksi lääkitään tuhdisti.
Annetaan nukkua.

Sähköä kiertää
huoneissa. Kännykkä
pöydällä kertoo siitä,
että sinua kiusataan,
internet liittyy
kaikkeen, tietyt värit
aiheuttavat horkkaa.
Jalan heilutus
tarkoittaa, että sinusta
koskevia asioita
viestitellään.
Elämysmatkoja. Tämä
kaikki vaatii sen, että
on helpompi olla

aineissa, kuin ilman
niitä.

Maksa-arvot niissä
lukemissa, että on
räjähtämäisillään.

Ennen näitä
hoitojaksoja veljeni ehti
käyttää neljä vuotta
säännöllisesti
amfetamiinia,
kannabista päivittäin
kymmenen vuotta.
Bentsoja,
barbituraatteja ja
panacodia välipaloina
vuosia.

Yhtä kuin; hiljainen
kuolema.

Kunnioitan toki sitä, miten veljeni eli.

Mutta hän voisi elää vieläkin.

REMISSIOVAIHE

Vihdoin veljeni oli
tasapainossa. Minä en
käytä sanaa kuivilla tai
pääsi irti, koska ei sieltä
koskaan pääse pois.
Kannat läpi elämän sitä
pirua olkapäälläsi, eikä
tarvitse olla iso
vastoinkäyminen, kun
huumepeikko kutsuu.
Haluan puhua
remissiovaiheesta,
koska sairaus on
olemassa, mutta on
tasapainossa.

Eri huumeista on
tutkittu kemiallista
koostumusta ja todettu
niiden pintaosien
loksahtavan sujuvasti
synapsien
vastaanottorakenteisiin
tuottamaan jotakin
reaktiota ja hylkivän
samalla elimistön omaa
viestintää samassa
kohtaa. Synapsi on
hermoliitos, kahden
hermosolun liitospinta,
josta viesti siirtyy
hermosta toiseen. Jos
otat huumetta, käsi
menee poikki, niin keho
ei viesti sitä. Jos otat
huumetta, tapat
jonkun, keho ei viesti

sitä. Näin sen
ymmärtää kaikki.

Se vain on valitettavaa,
että narkkaaminen
jättää sinne aivoihin
uuden muistipinnan.

Veljeni löysi elämänsä
rakkauden ja se tunne
oli niin voimakas, että
pystyi ohittamaan
kemiallisen rakkauden.
Toistaiseksi. Minä
voisin sanoa, että hän
löysi enkelin, aidon
ihmisen, jolla sydän
oikealla paikalla.
Anatomisesti tietenkin
hieman vasemmalla.

Veljeni sai elämää
raiteilleen, mutta viinan

käyttöä hän ei jättänyt.
Monesti tästä hänelle
mainitsin ja taisipa
äitikin useamman
kerran mainita, että
jättää pois. Hän
harvemmin osasi
sievästi ottaa.

Toistakymmentä vuotta
siinä hurahti,
taantumassa.

Ainahan meillä
läheisillä oli pelko ja
huoli. Pysyykö hän
raiteilla.

Kunnes, kannabis
pikkuhiljaa hiipi jälleen
kuvioihin. Luulen, näin
jälkiviisaana, että
velimies ajatteli sen
pysyvän hallussa. Siis

tämän myrkyn vain
riittävän, ettei tule
kiusausta kovemmista
myrkyistä...

Vaikka olisin hänelle
toivonut kauniimman
tarinan, sellaisen, jonka
hän todellakin olisi
ansainnut, jotain
muutakin, kuin miettiä
aamuisin millä
cocktaililla päivästä
selviää. Seuraako joku
sinua vai seuraatko sinä
jotain. Haluaako joku
tappaa sinut vai
tapatko sinä jonkun.

Vaikka mökki Lapista,
soutuvene ja

rantasauna. Ajattomia
aamuja maagisessa
Lapissa, yöttömän yön
taikaa.

Paljon me silloin ennen
vanhaan puhuttiin,
myös tästä mökki
hankkeesta, jos
yhdessä laitettaisiin.
Hän piti säännöllisesti
yhteyttä, kunnes nämä
cocktailit veivät hänet.

Hän pyysi ruokavalioita
ja punttiohjelmia.
Toinen seikka oli,
noudattiko niitä. Kyllä
me oikeat läheiset
olemme niitä parempia
elintapoja hänelle
tuputtaneet. Kaljan
ottamisesta ei

edelleenkään kärsinyt
mainita, minä en
kuulemma ymmärrä
mitään. Voi olla, mutta
kyllä minä ymmärsin ja
tiesin aika paljon ja
tiedän edelleen. Olen
nähnyt alle metrisestä
mitä se tekee
ihmisestä. Siksi olenkin
absolutisti. Pappa otti,
isä otti ja veljeni otti.
Minä en. Ei iske.

Olin aina vihainen isälle
siitä tolkuttomasta
viinan käytöstä. Ihan
viime vuosina ennen
isän kuolemaa
hyväksyin asian. Eihän
se minulta pois ollut.

Vihasin myös veljeni päihteiden käyttöä, mutta koskaan en häntä hylännyt sen takia. Tässäkin on poikkeus. Ihan veljeni viimeisten elinkuukausien aikana en pitänyt häneen yhteyttä. Oli pakko vetää raja johonkin, ettei hän vedä minua sinne lokaan. Minulla kuitenkin on oma silmäteräni, poikani.

Veljeni rakasti minun natiaistani (lasta) ja eno olikin natiaiselle kaikki kaikessa ja natiainen oli pienenä aina enolla. Enon kanssa kävivät Muumimaailmassakin.

Vaikka natiainen
kasvoi, eno jaksoi aina
huolehtia mitä
natiaiselle kuuluu, ihan
viimeisiin elinpäiviin
asti. Eno huolehti myös
siitä, että ongelmia jos
tulee maailmalla, niin
eno kyllä hoitaa.

Minulla on sellainen
alfanaaras luonne. Se
oppi on tullut tietenkin
rakkaalta veljeltäni.
Broidille oli selvinä ja
vähän epäselvinäkin
hetkinä tärkeä
puolustaa omiaan.

Ja tämänhän olemme
oppineet äidiltämme.

TOINEN ERÄ

Pikkuhiljaa huume
peikko nosteli päätään.
Terveys alkoi reistailla.
Veljeni oli menettänyt
tajuntansa työreissulla
ja asiaa tutkittiin täällä
kotimaassa. Minulle jäi
silloin sellainen kuva,
kun häntä sairaalassa
kävimme katsomassa,
että hänellä oli jo
ahdistus/harhaluuloisu
us valloillaan. Hän
huusi ja raivosi meille,

ettei hänessä ole
mitään vialla. Kyllä
hänellä kuitenkin
todettiin alkava
sepelvaltimotauti.

Hän jätti paljon
tutkimuksia väliin, eikä
loppu viimein syönyt
edes lääkkeitä.
Surullista tietenkin,
mutta hänen
valintansa. Toki hänelle
siitä yritettiin puhua,
kuinka tärkeää niitä
olisi syödä.

Näihin aikoihin alkoi
kaikki mennä päin
mäntyä. Työt,
parisuhde ja tämä
terveys tietenkin. Hän
alkoi myös

soittelemaan minulle
usein päissään. Ne jutut
olivat juuri sellaisia
harhaluuloisen juttuja,
kuvitteli kaikenlaista.
Eikä minulla silloin
soineet hälytyskellot.
Yritin tietenkin puhua
järkeä päähän ja käskin
katsella peiliin, että
olisiko se syyllinen
sittenkin siellä.

Kerran yritin
kasvotusten ohjata
häntä terapiaan,
numeroakin tarjosin,
että kävisi
juttelemassa. Hän
suuttui ja aloitti
huutokonsertin.
Minulla tuli itku, kun
hän sitten tuohtuneena

lähti. Hyvää minä vain
tarkoitin.

Hän sanoi, että "vittu
kukaan tajua mistään
mitään", lääkärikin oli
ollut mulkku, kun ei
ollut kirjoittanut
diapamia.

Veljeni yritti räpistellä
tervaisilla siivillä. Työt
eivät enää
luonnistuneet kunnolla.
Parisuhde meni
karikolle, mutta
onneksi siellä ystävyys
ja välittäminen säilyi, se
oli veljelleni jättimäisen
tärkeää, vaikkei hän
sitä varmasti
osoittanut, mutta minä

tiedän. Kyllä me siitä puhuttiin.

Veljeni ei mikään idiootti ollut, kun hän oli oma itsensä. En edes tiedä ihmistä, joka niin aidosti halaa, kuin hän.

Kaikkien harmiksi ja etenkin hänen itsensä, hän löysi uuden "seurakunnan". Ja näillä seurakunnilla en tarkoita mitään Jumalan seurakuntaa vaan "uskomme huumepeikko kaikki valtiaaseen"- kuntia.

Täytyy sanoa, että olihan pikkaisen raskasta aikaa. Hän

yritti asua ukon luona,
muttei siitä tullut
mitään, kauheat riidat
vain, joita minä yritin
selvitellä. Kilpaa
kitisivät toisistaan.
Minun oli jo pakko
sanoa ukolle, että
kauas ei ole omena
puusta pudonnut.
Minkä teet, kun isä on
tuommoinen ollut. En
tiedä ymmärsikö, ei
varmaan.

Muistan, kuinka veljeni
yritti vuosi kausia
paikata minun ja ukon
välejä. Jossain
vaiheessa heillä
kuitenkin oli
kohtuulliset välit, aina
ukon kuolemaan asti. Ei

nyt mitkään sokerivälit,
mutta semmoiset ei
läheskään normaalit.

Löysihän veljeni myös
uuden naisystävän,
kostean sellaisen. Minä
kyllä sanoin hänelle,
ettei käytä tuommoista
laastaria, joka vetää
häppää ja pregabaleja
päivästä toiseen.
Muistan, kuinka hän
sanoi, että olet muuten
systeri oikeassa.

Ei hän siltikään
irrottanut tätä
laastaria. Tämä
elämäntyyli sopi
hänelle. Olen silti

onnellinen, että hän soitteli minulle. Kertoi hän paljon muutakin tästä suhteesta, mutta se ei mielestäni kuulu tänne kirjan kansiin. Sen vain sanon, että veljeni rantautuessa tähän "seurakuntaan" hänellä oli olemassa puhdas nimi ja pian hänellä oli tuhansien eurojen velat, joista loppu viimein kertyi kymppitonnien velat.

Kerran veljeni soitti minulle: "hänestä vittu tuntuu, että hänen nimellänsä on otettu niitä vippejä". Minä sanoin tyynen rauhallisesti, että niin,

mitä minä sanoin.
Sanoin sinulle jo
aiemmin, että pitää
heittää helvettiin
tuollaiset, et mieti
oletko sen arvoinen,
turha jäljestä päin
itkeä, että oma moka.
Sanoin vielä, että hyvä
se siellä on hillua ja
vetää toisten pillereitä
ja olla kuutamolla,
riskihän siinä on, että
sinut kupataan.

Systeri puhui taas
kuulemma asiaa, mutta
tiesinhän minä, ettei se
auttanut. Kyllähän
ihminen, jolla on
sairaus nimeltä
päihteiden
väärinkäyttö, viihtyy

tällaisessa
"paratiisissa".

Pregabaliini=lääkeaine

Olisi pitänyt vain käydä
repii hänet pois sieltä.
Kävinhän silloinkin
repimässä, kun oltiin
nuorempia, milloin
mistäkin. Ei minua
silloin pelottanut. Toki
jäljestä päin puistattaa.
Ihan reippaana olen
neljäntoista vanhana
katsellut käsiaseen
esittelyäkin. En osannut
pelätä, veljeni sanoi

minulle: "et se on
pentu semmoinen
juttu, että jos joku
tekee sinulle jotain, niin
hän lähtee linnaan
istumaan".

Nyt joku voi ajatella,
että käytin häntä paska
hommiin. Ei. Hänen
tapansa oli elää näin.
Kyllä se luotto oli
molemmin puolinen.

Ylä-asteella minun
moponi nyysittiin
jatkuvasti ja tankki
ajettiin tyhjäksi. Milloin
oli tulpat revitty irti jne.
Tarpeeksi usein, kun
työnsin mopon kotiin,
niin veljeni sanoi
kerran: "nyt pentu

autoon, loppuu saatana se nyysiminen". Niin sitä ajettiin kylille, hän käski näyttää kiusantekijät. Niin sai mopo olla rauhassa.

Joka tapauksessa me olemme häntä kovasti yrittäneet auttaa, ihan viime metreille asti ja senkin jälkeen, kun metrit loppuivat.

Hän yritti ottaa hajurakoa tähän viimeisimpään "seurakuntaan", mutta se oli sellaista räpistelyä. Minkä sille sairaudelleen voi, se on läsnä. Joskus on helpompaa ja joskus vaikeampaa. Niin kuin muissakin sairauksissa.

Hän yritti työhommia, mutta eivät ne enää luonnistuneet. Sitten meillä kuolla kupsahti isä, viinaan. Maksakirroosi oli kuolinsyy. Enpä arvannut mikä helvetinmoinen soppa ja urakka siitäkin tulisi. Siinä olikin hommaa, kun isän raha-asiat olivat päin mäntyä ja pojan raha-asiat olivat päin ulosottoa. Onneksi äiti jaksoi olla minun kaverinani. Veljestäni ei ollut enää kaveriksi.

Täytyy myöntää, että
kyllä minulla kävi
mielessä, että voi vitun
huumeet ja kaiken
maailman niin mitään
sanomattomat ystävät
ja "seurakunnat".

Siinä saatiin ukon
murju myytyä,
molempien velat
maksettua. Ajateltiin,
että nyt veljeni pääsee
aloittamaan puhtaalta
pöydältä. Mitä sitä
puppua. Hänen
tahtinsa meni vielä
hurjemmaksi. Niin, mitä
minä teen omalla
perintöosuudellani?

Siitä se riesa tulikin,
minun osuudestani.

Sinä kesänä, kun ukko kuoli, niin veljeni oli jo hanakasti koukussa, eikä hän saanut oikein ajatuksia kasaan ukon pois menosta. Välillä tuli aika hurjia puheluita, siitä miten menetellään. Välillä oli silkkaa raivoa ja itkua. Minä ajattelin, että pidetään lujasti yhtä, mutta välillä hän tuli jyrkästi minua vastaan.Muistan, kuinka ihmettelin äidille sitä, että miten se voi mennä nollasta sataan yhden puhelun aikana. No,

mitenkähän.
Riippuvuus.

Saatiin ukko pyhään
maahan ja veljeni
vaihtoi maisemaa.
Hänelle annettiin ukon
auto ja annoin vielä
käteistä mukaan
reilusti. Hän yritti vielä
vaihtaa maisemaa ja
työhommia. Surullista
oli tietää näin jäljestä
päin, että hän oli
nukkunut
leikkimökeissä tai
huvimajoissa,
varastanut kaupoista
ruokaa, autoista kilpiä,
grillaillut toisten
pihoilla ja viitteitä siitä
oli, että psykoosia oli
käyty hoidattamassa.

Niin, minun veljeni.
Äidin poika.

Sieltä kun hän
rantautui taas
maisemiin, niin sama
vanha ralli jatkui tuossa
lähiö "seurakunnassa".

Sitten alkoi veren
kuseminen ja
paskantaminen, eikä
hän sitä asiaa
hoidattanut. Vaikka
kuinka me häntä
toimitettiin lääkäriin.
Muistan, kun hän
viimeisenä joulunaan
kävi meillä. Hän
meinasi kuistille
kaatua, kun jalat olivat
huonot. Hän istui
keittiönpöydän ääressä,

hoikkana ja
hermostuneena.
Naureskeli vain
verivirtsaisuudelle.
Minä sanoin, että
oikeasti nyt, syy pitää
tutkia. Ei.

VIIMEINEN KEVÄT

Oli erittäin raskas
hänelle, kuin miellekin.
Hän paineli pitkin
Suomea ristiin rastiin
auton renkaat
soikeana, ilman korttia
ja päihteissä. Jutut
olivat jo vähän kaukana
todellisuudesta ja ne
jutut mitä kuului
jäljestä päin, voin sanoi,
ettei ollut ihmisen
elämää.

Kerran olin lentää
perseelleni, kun
velimies soitti, että
minäkin olen varas ja
viilannut häntä linssiin,
että kannattaa saatana
miettiä kenen kaveri
on. Voin sanoa, ettei
hän eläissään ollut
sellaista sontaa
syytänyt suustaan
minulle, mutta tämäkin
päivä piti tapahtua.
Sanon rehellisesti, että
se sattui ja sattuu
vieläkin. Äiti yritti
lohduttaa, että ei
kannata välittää, ei se
poika sitä tarkoittanut.
Ei hän ole oma itsensä.
Minulla on niin tiukka
kanta sen suhteen mitä

suusta tuotetaan ulos.
Vaikka sinne hanuriin
vedettäisiin seiväs, niin
pitää puhua mukavia.
Se ei oikeuta sinua
loukkaamaan ketään, ja
hän kyllä tiesi minun
kantani. Tätä
kirjoittaessani
minunkin suustani voi
tulla vahvaa tekstiä,
mutta se on niin totta.

Mikä on sitten väärin ja
mikä oikein? Minun
veljeni eli oikealla
tavalla väärin vai
väärällä tavalla oikein?

Joo, tiedän toki, että
humalassa tai
päihteissä voi tehdä tai
sanoa mitä ei oikeasti

tarkoita, mutta minä odotan silti, että ollaan siinä samalla saatanan viivalla. Eihän tästä elämästä tulisi mitään, jos täällä jokainen saisi tehdä tai sanoa mitä sattuu. Toki voisi tulla, mutta meno olisi kuin villissä lännessä.

Äitikin joutui olemaan melkoinen sylkikuppi. Hyvin ilkeää ja uhkaavaa puhetta hän äidilleen suolsi. Minua se harmitti, mutta äiti otti sen korvasta A sisään ja korvasta B ulos.

Minulla oli välissä niin
kova stressi ja pelko,
että heräsin yöllä
siihen, kun olin kussut
sänkyyn. Eikä kyse ollut
mistään virtsan
karkailusta. Jotenkin
vain tuntui, ettei
jaksaisi enää keski-
ikäisenä nukkua
omassa kodissa toinen
silmä auki. Penskana ja
teininä sitä jaksoi.

Mutta rakas hän meille
siltikin on. Minä olen
saanut elää värikkään
lapsuuden ja
nuoruuden. Siksipä
juuri minä olen minä. Ja
todellakin osaan
arvostaa elämää.

VIIMEINEN LUKU

Kevät meni lujaa, kesä
meni vielä lujempaa.
Hän kuitenkin tajusi
kulkea junalla, ettei
huumepäissään aja
kenenkään päälle.
Ainahan siihen
junamatkaan ei ollut
rahaa, mutta äiti pelasti
ja laittoi tilille rahaa.
Saattoipa hän nukkua
juna-asemilla ja
ihmisten
rappukäytävissä.

Sitä vain monesti
mietin, kun sanontakin
kuuluu, että hätä ei lue
lakia. Ei minulla silti ole
tarvetta kuseksia ja
paskannella ihmisten
rappukäytäviin. Näin
kuitenkin veljelläni oli
käynyt.

Eräänä loppukesän
aamuna äiti haki hänet
juna-asemalta. Vei
hänet kotiinsa ja
toimitti pesulle sekä
syötti hänet. Veljeni
nukkui toista
vuorokautta. Äiti sanoi,
ettei ollut tunnistaa
lastaan. Kävely oli
katkonaista ja
kasvoiltaan hän oli
harmaa, kuin hiiri.

Samalle reissulle veljeni
oli vannonut, että nyt
saa riittää. On tämä
nähty. Huumeet siis.
Äiti oli positiivisin
mielin ja ohjasi häntä
jatkosta ja jatkossa.
Miten toimia, mistä saa
apua ja katon pään
päälle.

Näin alkoi
korvaushoito, mutta
taustat tietäen, se
kuitenkaan ei ollut
mitenkään ratkaiseva ja
toiminnallinen.

Hienoa kuitenkin, että
hän sai apua ja tukea.
Ei hän kuitenkaan ollut
valmis luopumaan

kannabiksesta, näin
hän äidille ilmoitti. Pari
viikkoa menikin hyvin.
Äiti kävi viemässä
ruokaa ja yhdessä
kävivät kaupoissa
ostamassa kodin
tarvikkeita. Veriarvot
olivat olleet hyvät (toki
näin me emme
uskoneet). Äiti olikin
kysynyt, että maksa-
arvotkin? Kyllä.

Pian ei ollut äiti enää
tervetullut käymään.

Veljeni oli kanittanut
rakkaimmat korunsa ja
lähti viimeiselle
matkalleen. Hän
menehtyi syyskuussa
"seurakuntaan", josta

tämä ralli oli alkanut ja sinne se myös päättyi.

Jossitellahan voi, mutta se on turhaa. Kyllä minä olen sitä kakkua kääntänyt suuntaan ja toiseen, mutta tulos on sama. HÄN ON VIHDOIN VAPAA! Hän pääsi oikeaan seurakuntaan.

Ei hän pystynyt luopumaan amfetamiinista, metadonista, epilepsialääkkeistä, amitriptyliineistä, opioideista, subutexista eikä bentsoista. Kannabista

unohtamatta. Eikä tästä
"seurakunnasta".

Meillä oli mahdollisuus
nähdä rakkaamme
ruumishuoneella.
Sitten, kun hänet on
"siivottu" eli käyntiä ei
suositeltu ennen
siistimistä. Hieman
arvelutti. Halusimme
kuitenkin äidin kanssa
käydä häntä
katsomassa. Hyvä niin,
sillä hän oli niin
onnellisen näköinen,
pieni virne oikeassa
huulipielessä. Hänen oli
hyvä nyt olla.

Kyllä oli sydäntä
särkevää käydä
siivoamassa hänen
kotinsa. En puhuisi
edes kodista. En pysty
edes ajatella, että
veljeni asui niin.

Muistan, kun hän yritti
soittaa minulle pari
viikkoa ennen
kuolemaansa. En
uskaltanut vastata.
Arvata voi,
harmittaako. Hän olisi
kysynyt vain neuvoa
kovaan selkäkipuun
(olen kivunhoidon
ammattilainen ja
lukenut myös
lääketieteen
perusteet). No, näin
jäljestä päin, mitään ei

ollut tehtävissä. Maksa
ja munuaiset olivat
loppumaisillaan.
Verivirtsaisuus kertoo
hyvin myös siitä, että
kaikki muutkin
sisäelimet eivät olleet
kunnossa...Eikä sydän.
Tästä syystä kivut olivat
kovat.

Ajoittain olen hänelle
tosi vihainen. Vihainen
siitä, että elämä päättyi
johonkin täysin helvetin
paskaan ja hän antoi
itsensä valua pohjalle
solu kerrallaan. Toki
minulla riittää raivoa ja
vitutusta veljeni "niin"
hyville ystäville ja
kavereille. Vittu mitä

kavereita?!! Vedetään
kamaa sydän sairaan
ihmisen kanssa, eikä ne
tunne minun broidiani
hippuakaan, muuta
kuin sen paskan
puolen. Jokainen kyllä
tietää, veljenikin tiesi ja
pystyi sen
täysijärkisenä
myöntämään, että
näissä "seurakunnissa"
nämä "hyvät" ystävät
kääntävät takkia
hyvinkin nopeasti ja
saattaa siinä takissa
olla jopa puukko
valmiiksi selkäpuolella.

Sitten minä mietin, että
kuka nyt on itsekäs?

Eihän veljeni elänyt
minua varten!!!

Nyt ei tarvitse miettiä,
että missä hän on,
eihän kukaan satuta
häntä tai ettei hän
satuta ketään. Pahempi
skenaario olisi, jos hän
katoasi, eikä löytyisi
koskaan.

Hän kuoli pitkälle
edenneen sairauden
takia, jota viimeisten
elinpäivien tapahtumat
ja runsas päihteiden
käyttö edesauttoivat.

Veljeni oli kova luu.

Ja mikä parasta, hän ei
satuta enää itseään. <3

Veljeni suusta:

" mietinkö vittu mitä jengiä
haista paskaa piste "

" oikeesti onko nuita kovin
montaa veikkaan että
puhaltakoon vittuun. hyvät
erottuvat "

" näitä vitun, jauhajia "

" vittu on ne vitun
oravanpyörät saatana kasvaa
sarvet kohta sitten leikkiin
vittu "

" alko ahistaan aivan vitusti "

" paha olla oksettaa eikä
johdu viinasta??? vitun
valtion huorat "

" nyt kannattaa olla
kyselemättä kaikenlaista
paskaa oravanpyörä ohjasi
toiselle puolelle ELIKKÄ "
(veljeni oli vetänyt huumeita

reilusti ja ottanut kuvan
itsestään...)

" jos et tule toimeen minun
kanssa vika on sinussa "

" vittuako kahlaa paskassa "

" retkeilen kohta vittu perille "

" pää täynnä vihaa kiitokset
heille jotka ovat sen sillä
täyttäneet "

" haistatan vitut tähän
kohtaan tälle saatanan
oravanpyörälle ja semmosille
jotka tuntevat tarvitsevansa
sen "

" kaverit jotka ovat niin on
loput älkää vaivautuko "

" loput suksikaa vittuun "

" koska liikaa paskaa "

" tarviiko nuppi lisää rasitteita
"

" vittuun täältä vitun huonoja kokemuksia ja nekö pääsee valtaan "

" TULEE SE PÄIVÄ VIELÄ TOIVOTAAN ETTÄ KAIKKI OSALLISTUVAT OVAT PAIKALLA??? JOS EI NÄY HARMI EI AUTA NYYKYTELLÄ KUI SATTUU "

Tämä lause on tullut veljeni suusta vuosi ja yhdeksän kuukautta ennen hänen lähtöään Taivaan Isän Kotiin. Monesti miettinyt tätä lausetta. Se päivä tuli. Osallistujat olivat paikalla, sen tiedän, mutta tuli myös se päivä, kun veljeni siunattiin viimeiselle matkalle ja siellä oli paikalla aidot osallistujat, koska emme halunneet paikalle feikkejä. Voin silti sanoa, että sattui, vaikka paikalla olimme.

113

Kokonaisuudessaan näistä lausahduksista voidaan tulkita, että hän oli eksynyt, eikä päässyt pois. Hän tiesi, ainakin välillä, että oli itse töppäillyt ja kussut raha-asiansa ja omasta tahdostaan alkanut käyttää aineita, mutta aineissaan ja aineiden puuttuessa ei hyväksynyt asiaa, vaan syytti siitä yhteiskuntaa eli oravanpyörää.

HUUME INFO

Addiktion neurobiologia

Pitkäaikainen päihteiden käyttö heikentää etuotsalohkon toiminnanohjausta ja aivojen stressijärjestelmät herkistyvät, nämä muutokset johtavat negatiivisiin somaattisiin ja affektiivisiin tiloihin, joita päihteiden käytön jatkamisen koetaan lievittävän. "Duodecimlehti.fi"

Käytön välittömiä vaikutuksia ovat euforian tunne, aggressiivisuus, sekavuus, unettomuus, pulssin kiihtyminen, kuumeilu ja kouristukset. Pitkäaikainen käyttö

115

aiheuttaa masennusta,
ruokahaluttomuutta,
persoonallisuuden
muutoksia ja
hermostovaurioita.
"Päihdelinkki.fi"

Päihteet aiheuttavat:

- verenpaineen nousu
- munuaisten
  vajaatoiminta
- Parkinsonin taudin
  kaltainen tila
- muistiongelmat
- kardiomyopatia
  (sydänlihassairaus)
- hepatiitti
- maksavauriot
- HI-virus (tuhoaa
  immuunijärjestelmä
  n)
- aivovaurio
- hermoston vaurio

= hiljainen
kuolema…

**Rauhoittavat lääkkeet
(bentsodiatsepiinit)**

Ovat tarkoitettuja
lyhytaikaiseen käyttöön.
Käytetään
vieroitushoidoissa.
Aiheuttavat HELPOSTI
riippuvuutta. Tavallisia
bentsodiatsepiineja ovat:

- diatsepaami
- klooridiatsepoksidi
- oksatsepaami
- loratsepaami
- tematsepaami
- alpratsolaami

Riippuvuusongelmia liittyy
myös bregabaliiniin
(mm.lyrica), jota käytetään
mm. ahdistuneisuuden,
neuropaattisten kipujen ja
117

epilepsian hoidossa. Näiden edellä mainittujen "myrkkyjen" käyttö tulisi rajata muutamaan viikkoon. Pitkäaikaisessa käytössä niiden teho heikkenee, jolloin otetaan enemmän ja näin syntyy riippuvuus.

Bentsodiatsepiinien käyttö aiheuttaa:

- ahdistuneisuus
- pelokkuus
- huono vointi
- ärtyneisyys
- unihäiriöt
- näköharhat
- ääniherkkyys
- sydämen tykytys
- hikoilu
- kivulloisuus
- vapina

"Terveyskirjasto.fi"

HELIN HUUMEINFO

Kuka sinä siis olet?
Kuka on sinun Herrasi,
enkä nyt puhu
Jeesuksesta tai
Jumalasta! Meillä
jokaisella on silmät
päässä ja suurimmaksi
osaksi niillä näemme,
minä uskon näkemääni.
Ja minä olen nähnyt.
Onhan meillä korvatkin
päässä ja suurimmaksi
osaksi kuulemme,
mutta kaikkea kuultua

ei tarvitse uskoa, vai
tarvitseeko?

Huumeet ja muut
oheistuotteet ovat
huono Herra. Veljeni
kulki orjallisesti
huumeiden
kartoittamaa tietä, teki
hallaa itselleen ja
meille läheisille.
Huumeista ei pääse
ikinä eroon. Jo
ensimmäinen käyttö
jättää iäksi jälkensä
mielihyväkeskuksen
synapseihin. Se on "hei
hei" elämä sen jälkeen.

Lähtiessään sitä toivoo
lähtevänsä hiljaa
kauniisti.

Näin ei kuitenkaan
veljeni lähtenyt. Tämä
paska repi hänet sisältä
niin "rikki", kuin
ihmiskehon voi vaan
repiä, eikä hänen
lähtönsä ole ollut hiljaa
kaunis.

On ihan eri asia elää,
kuin olla!

HILJAISIA AJATUKSIA

Aina mielessä, aina
sydämessä. Poika. Veli.
Eno.

Muistan äidin
sanoneen jo
kolmekymmentä
vuotta sitten: " ottaisi
Luoja pois, jos ei tule
eläjää ". Silloin tietäisi,
että hän olisi turvassa.
Äiti on saanut kestää

vaikka mitä, eikä
koskaan luovuttanut.

Minä luovutin varmaan
sata kertaa. Lapsena
minulla oli kausia, kun
veljeni oli TOP
kympissä
ensimmäisenä ja sitten
oli kausia, kun hän olisi
voinut olla, vaikka
hevonkuusessa.

" Eno sanoi, että jos
tulee jotain ongelmaa,
niin hänelle voi soittaa
aina ". Veljelläni oli
tärkeä rooli, olla eno.
Tosin jokin tarkoitus
täytyy olla myös sillä,
miten hän lopun
elämäänsä eli. Hän oli

roolimalli siitä, miten ei
kuulu elää.

" Sitten, kun poika
kasvaa, otan sen
mukaan
reissuhommiin. Oppii
poika tekemään töitä.
", broidi sanoi.

Broidi soittaa minulle: "
missä poika? ", oli
yleensä ensimmäinen
kysymys.

Onko paha, jos sanon
ääneen, että nyt
uskallan elää? Minun
tontilleni ei tulla
perimään
huumevelkoja!
Kyllähän minulla pahoja
aavistuksia oli...Hän

pyysi minulta
kymppitonnia "lainaa"
muutama kuukausi
ennen kuolemaansa.
Nämä neuvottelut
menivät puihin ja
seuraava summa oli
neljätonnia. Minä
sanoin, että satasista
voidaan puhua, mutta
tonnit voit unohtaa.
Arvata jokainen voi,
miten nämä
neuvottelut päättyivät.
Kuinka paska ihminen
minäkin sitten olin!

Pelkäsinkö veljeäni?
Kyllä ja en.

Voin sanoa, että
uskallan nyt elää, mutta
en voi sanoa, ettenkö

ole nähnyt painajaisia
unessani siitä, kuinka
niitä velkoja tullaan
perimään.

Joka aamu on ollut
auton renkaissa ilmat,
kun on töihin lähtenyt.
Lapsuudessa nekin oli
puukolla vedetty halki,
joka ikinen rengas. Kyllä
minä olin omasta
mielestä hirmuisen
reipas läpi tämän
helvetin, vaikka välillä
pelotti ihan vietävästi.

Luulenpa, että äitikin
on ajanut "tankin
tyhjäksi" useamman
kerran. Silloin 90-
luvulla oli asiat vähän

toisin. Hoitoa oli vaikea saada, piti löytyä rahaa ja äiti joutui taistelemaan, jotta sai lapsensa hoitoon.

Nykyään huumeiden käyttöä tuetaan. Ei se tämmöistä touhua ollut silloin ysärillä. Jos nyt ihan rehellisiä voidaan olla tai haluan olla, niin aika höylisti niitä korvaavia lääkkeitä eli vieroitushoitoon tarkoitettuja lääkkeitä laajakirjoisesti käytetään ja kirjoitetaan reseptillä potilaalle kotihoitoon.

Voin sanoa, että minun broidini osasi vielä

kusettaa ihan kunnolla,
jos ei saanut
haluamaansa. Kävi
kusitesteissä, sai
pillereitä reseptillä ja
silti narkkasi kovia
aineita. Kaikki
maksettiin, niin kuin
Manulle illallinen. Eikä
ole muuten ainut, joka
tätäkin yhteiskuntaa
kusettaa.

Mutta ei kusettele
enää. Eikä hänellä
aidosti oikeasti
terveenä ollessaan ollut
tällaisia ajatuksia. Kyllä
hän ehti mukavasti
verojakin maksella.

Analysointia voisi tehdä loputtomiin.

Me olemme analysoineet veljeni elämää ja olemista hänen koko elämänsä. Aina hänen valintansa eivät ole meitä miellyttäneet, koska niillä on ollut niin suuri vaikutus myös meihin läheisiin. Jopa traumaattinen, minun kohdallani.

Katson kuitenkin, että meillä on oikeus analysoida, kun se vaikutti myös meidän elämiseemme ja olemiseen. Kyllä minun pyrkimykseni on yrittää

elää ilman, että kukaan
maksaa meikäläisen
velkoja, huumeita,
viinoja...Kenenkään ei
tarvitse pelätä minua.
En hillu rikkomassa
kenenkään omaisuutta.
En käyttäydy
uhkaavasti, etenkään
äitiäni kohtaan. Enkä
muita rakkaita ihmisiä
kohtaan.

Kyllä broidin polut
piirtyivät sieltä
lapsuudesta ja
nuoruudesta pitkälti.
Ukon viinan
lotraamisesta,
pieksemisestä, ystävien
itsemurhista ja kaikesta
muusta paskasta.

Paljonhan sitä on
ajatuksia vuosien
saatossa mielessä
pyörinyt. Toki hänen
lähtönsä on tuottanut
lisää ajatuksia. Olen
elänyt toistona niitä
kuolemaa edeltäviä
päiviä, vuosia ja
vuosikymmeniä.
Tarinaa ja juttua on
kulkenut niistä
kuolemaa edeltävistä
päivistä ja kyseisestä
päivästä. Mutta
sanotaan nyt näin, että
broidi oli joka
tapauksessa lähdössä.
Hänen oli päästävä pois
sieltä.

Tässä kirjassa on vain
osa väreistä. Loput
väreistä jätän meille.
Hiljaa voin todeta, että
on ollut raskas palata
lapsuuteen.
Nuoruuteen. Näin, kun
sen on osittain laittanut
paperille, se on karua
luettavaa. Elämä joskus
on. En vaihtaisi
päivääkään pois. Minä
en olisi minä. Eikä äiti
olisi RAUTAROUVA.

Olen myös onnellinen
yhdestä asiasta. Hän sai
lähteä juuri niin
näyttävästi, kuin silloin
vuosikymmeniä sitten
toivoi. Hän oli nauttinut
ihan kaikkea. Eikä
kenenkään tarvitse

todellakaan sääliä tai
surkutella. Hän itse
valitsi näin. Ei meistä
kukaan ole ollut häntä
piikittämässä.

**Ja KERRAN VIELÄ, mitä
huumeisiin tulee...**

Sinulle on annettu lahja
jo syntymässä: ELÄMÄ.
Se on kallisarvoisin
lahja. Minusta on
väärin heitä kohtaan,
joilta lahjasi saat, että
he joutuvat katsomaan
vierestä, kuinka
turmelet sen.

Minulla ei yleisesti ole
tapana nälviä ketään,
mutta narkkaaminen
on aika itsekästä
133

hommaa. Veljeni oli itsekäs. Ei sillä, että meidän kuuluisi elää toisten pillin mukaan, mutta **pitää osata kunnioittaa sitä elämää mikä meillä on ja myös kunnioittaa kanssa eläjiä.**

Tässäkin voisin ehkä tehdä poikkeuksen, mikäli niin selkärangattomasti haluaa turmella kehonsa, niin jokainen tehköön sen niin, että käyttö on täysin omakustanteista ilman minkäänlaista vääryyttä muita ihmisiä tai yhteiskuntaa kohtaa. Tarkoittaen, että menet

sinne duuniin ja
kustannat sinun
elämisesi. Elelet
siivosti. Hissukseen
narkkailet ihan itseksesi
kaikessa hiljaisuudessa.
Teet sen vielä sillain,
että sinun läheiset eivät
siitä kärsi. Sovitaan
vaikka niin, että eivät
edes tiedä, että käytät.
Pidät homman hallussa
jne. Kiitos.

Joo...

Mutta mieti nyt
kuitenkin!

Valintakysymys?

Päihderiippuvuus =
itseaiheutettu

Moni ei välttämättä saa
edes valita, jos jokin
sairaus tulee
kyselemättä...

Joo, elämässä on
haasteita, mutta
huume elämässä
loppuu se elo. Silloin
olet antanut elämäsi
pois.

Voisin kirjoittaa ihan
oman teoksen näistä
ajatuksista, mutta jätän
tämän nyt

tiivistelmäksi. Tässä oli
nämä tärkeimmät
mitkä ovat tässä
vuosikymmenien
saatossa mielessä
pyörineet, sitähän se
meidän elämämme oli,
tämän asian ytimessä
olemista ja elämistä.

Minä niin toivon, että
joku jää tämän asian
kanssa miettimään ja
jättää vetämättä tai
lopettaa NYT
vetämisen! Taistele,
sinun pitää taistella
loppu elämä, mutta tee
se.

Veljeni, olet meille
rakas.

Terveisin Heli Elisabeth